MONA le VAMPIRE

LA GARDIENNE-ROBOT

Hé, toi!
Surveille les illustrations aux contours ondulés,
et entre dans le monde imaginaire de Mona!

Les éditions Scholastic

Mona est assise dans la cuisine et attend son déjeuner.
— Ta cervelle saignante est presque prête, lui dit
son père. Au fait, ta mère et moi, nous avons
prévu une sortie romantique ce soir.
— Ah oui? s'exclame Mona.
Où allons-nous?

— Eh bien, c'est que... tu ne viens pas avec nous, dit son père. Nous avons appelé une gardienne.

— Une gardienne! s'écrie Mona. Pour moi qui ai fait échouer trois invasions d'extraterrestres, capturé une momie en fuite et vaincu Von Morlecou, le roi des vampires, et tout ça en un seul mois? Franchement, je pense que je peux me garder toute seule.

— Il paraît qu'elle garde aussi ton amie Angela, continue son père.

— Angela n'est pas mon amie! C'est le diable lui-même en robe à froufrous, déclare Mona. Quel genre de gardienne peut endurer Angela? Elle n'est certainement pas humaine!

La mère de Mona entre rapidement dans la cuisine pour prendre une bouchée avant d'aller travailler.

— Je n'ai pas faim, dit Mona. Je m'en vais à l'école.

— Hé, pas si vite! s'exclame sa mère. Monte d'abord te changer.

— Pas facile d'être une exterminatrice professionnelle lorsque ta mère te dit toujours quoi faire, soupire Mona en montant l'escalier.

Plus tard, pendant la récréation, Mona raconte à ses amis que ses parents sortent pour la soirée.

— Ils ont demandé à la gardienne d'Angela de venir me garder, soupire Mona.

— Quelle genre de gardienne peut endurer Angela? Elle n'est certainement pas humaine! déclare Charlie.

— Elle aura beau être monstrueuse, elle ne sera pas
de taille contre Mona le Vampire, clame Mona
d'une voix ferme.

— En fait, ma gardienne Bélinda ne fera qu'une bouchée
de toi, intervient Angela, qui écoutait leur conversation.
Elle est pire que ton pire cauchemar!

Lorsque Mona rentre de l'école, elle fait semblant d'être malade pour que ses parents annulent leur sortie. Elle s'étend sur le divan et toussote faiblement.

— J'espère que tu n'as pas pris mon mascara, dit maman en nettoyant le noir sous les yeux de Mona.

Un coup de sonnette retentit.

— Bon, ce doit être la gardienne qui arrive,
dit le père de Mona en allant répondre.

Mona retient son souffle et s'attend
à voir apparaître un monstre.

— Bonjour, c'est moi, Bélinda, dit
la gardienne avec un gentil sourire.

Les parents de Mona sortent de la maison et se dirigent vers la voiture.

— Bonne soirée! lancent-ils en s'éloignant.

— Elle ne devrait pas poser trop de problèmes, après tout, chuchote Mona à Croc pendant que Bélinda referme la porte.

Lorsque Bélinda se retourne, son gentil sourire a disparu.

— Maintenant, c'est moi qui décide, dit-elle d'une voix sèche. Règle numéro un, on ne crie pas. Règle numéro deux, on ne court pas. Règle numéro trois, on ne réplique pas. Règle numéro quatre, pas de télé avant que tous les devoirs soient faits. Règle numéro cinq, tu dois être au lit à dix heures tapant!

– Salut Zappeur! Salut Princesse! Merci d'être venus, dit Mona à ses amis qui entrent sans bruit par la porte arrière. Bélinda est ici. Elle n'est pas humaine, mais je ne sais pas ce qu'elle est, exactement.

– À mon avis, c'est une extraterrestre qui peut changer d'apparence à volonté, chuchote Princesse, tandis que Bélinda se lève et se dirige vers la cuisine.

— C'est le moment de faire quelques fouilles, dit Mona en remuant les coussins du divan. Aha! Voici notre premier indice.
— On dirait le ressort d'un stylo brisé, fait remarquer Zappeur.
— Oui, mais ce n'est pas un ressort ordinaire, réplique Mona d'un air mystérieux.

— Indice numéro deux : l'huile, murmure Mona pendant que les trois amis épient Bélinda par la porte de la cuisine.

— On dirait qu'elle utilise de l'huile pour se faire une salade! murmure Zappeur.

— C'est ce qu'elle veut nous faire croire, répond Mona. Mais as-tu déjà vu une adolescente qui mange une salade comme collation?

— Le ressort, l'huile, et maintenant, les écouteurs. Elle reçoit des instructions par radio! Tout s'éclaire, chuchote Mona.

— Vraiment? interroge Zappeur en se camouflant derrière le divan où Bélinda est assise.

— Bélinda est un robot, annonce Mona. Et ce qu'il y a de plus terrifiant... c'est qu'elle est sous les ordres d'Angela!

— Comment font-ils pour arrêter les robots dans les films? se demande
Mona à haute voix.

— Parfois, ils les court-circuitent, répond Zappeur.

— Bonne idée! s'exclame Mona en retournant à toute vitesse dans la cuisine.
Nous allons la court-circuiter.

— Aaaah! Cette eau est glacée, hurle Bélinda.

— Oh, désolée. J'ai trébuché, explique Mona en regardant sa gardienne trempée.

— Règle numéro 27 : ne jamais, jamais renverser quoi que ce soit sur la gardienne, lance Bélinda d'un ton acide.

— Je suis certaine que mon plan B va fonctionner, chuchote Mona
à Princesse tout en jouant avec la radio du salon. Nous n'avons qu'à embrouiller
la fréquence pour qu'Angela ne puisse plus donner d'ordres à la gardienne.

Zappeur tire sur les écouteurs de Bélinda juste au moment où Mona tourne le volume de la radio au maximum. Bélinda sursaute de frayeur, puis lance un regard noir à Mona et à ses amis qui se sauvent en courant.

— Règle numéro 33, leur crie-t-elle, tout bruit excessif est interdit!

— Bon, ce truc ne rate JAMAIS dans les films, dit Mona. Je vais tenter de faire sauter ses circuits par un bon choc électrique.

— Tu vas l'électrocuter? s'inquiète Princesse.

Mona se dirige vers Bélinda en traînant ses pieds sur le tapis. Puis elle touche la gardienne et lui donne une énorme décharge statique.

— C'est assez! hurle Bélinda.

— Sauvez-vous! La gardienne-robot est complètement détraquée! s'écrie
Mona en grimpant l'escalier à la suite de ses amis.

La gardienne-robot monte lourdement l'escalier derrière eux. Mona et ses amis entendent ses pas dans le corridor. Mona, Princesse et Zappeur tentent de se cacher, mais le système radar du robot a tôt fait de les retracer. Des rayons laser sortent de ses yeux.

— Vite, suivez-moi! s'exclame Mona. Je sais où nous pouvons nous cacher.

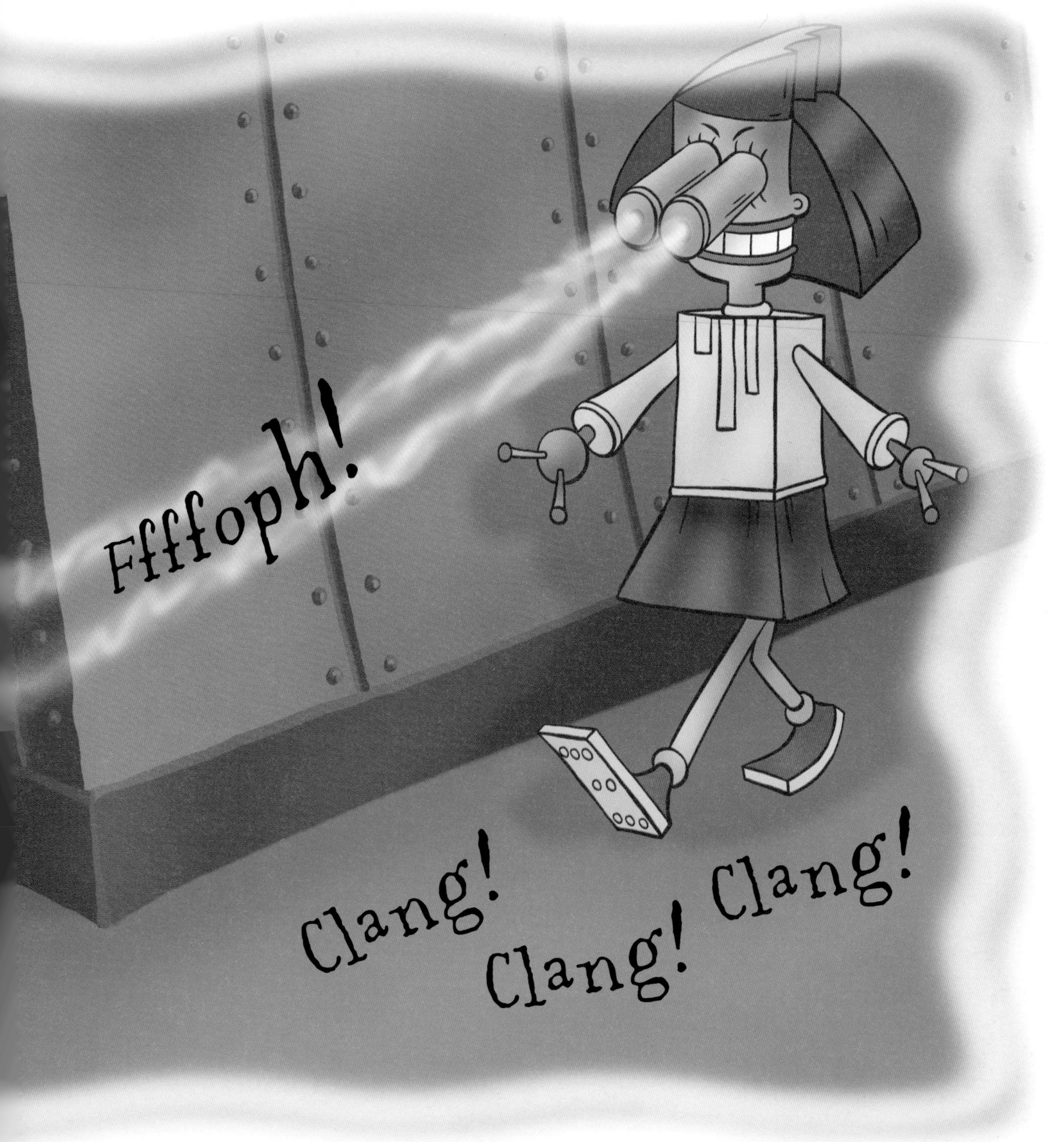
Ffffoph!
Clang!
Clang!
Clang!

Mona et ses amis plongent dans un placard et referment la porte sans bruit.

— Elle nous cherche pour nous détruire, chuchote Mona. Elle va tenter de nous séparer et de nous éliminer un par un. Nous devons ABSOLUMENT rester ensemble.

— C'est sûr! chuchote Zappeur.

— Oui, c'est sûr! renchérit Princesse.

Bélinda ouvre violemment la porte du placard.

— Règle numéro 42, dit Bélinda d'une voix ferme, les vilains amis doivent rentrer chez eux, sinon...

— Au revoir, Mona, disent Princesse et Zappeur.

Ils se glissent hors du placard et descendent l'escalier à toute allure.

— Attends-moi ici pendant que je les raccompagne, ordonne Bélinda.

– C'est fini, le gentil vampire! Il faut maintenant que je neutralise les signaux d'Angela avec cette télécommande. Ensuite, je pourrai modifier les ondes cérébrales robotiques de Bélinda, et c'est à moi qu'elle obéira.

Mona dirige la télécommande vers la gardienne-robot qui
entre dans la pièce.

— Ça marche! s'écrie-t-elle.

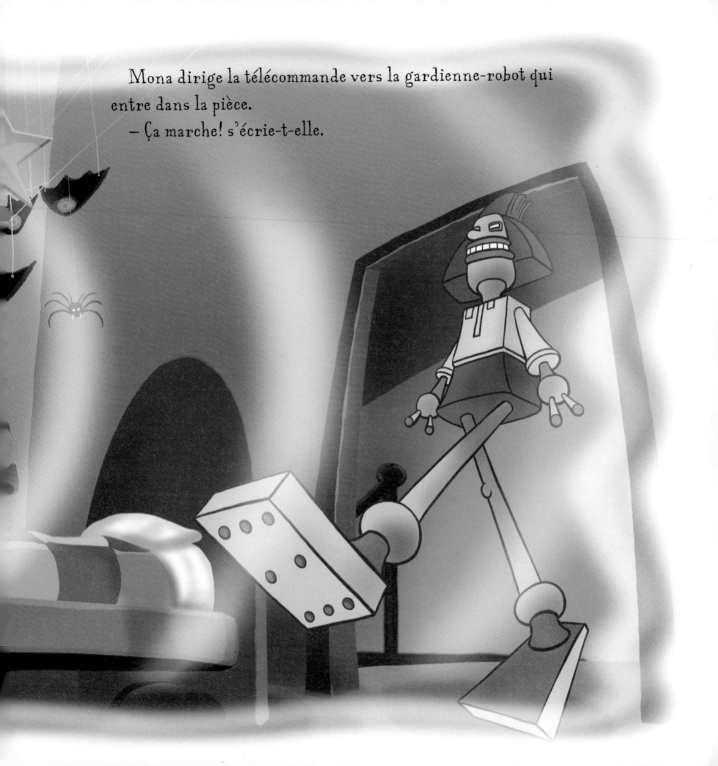

— Angela m'a dit que tu me causerais des ennuis et que je devrais être très sévère, dit Bélinda. Mais c'est difficile de rester en colère contre toi.

— Elle m'a dit que tu serais pire que mon pire cauchemar, dit Mona.

— Elle a dit ça? s'exclame Bélinda en souriant d'un air pensif. Je crois que nous sommes parties du mauvais pied, toi et moi!

Peu après, les deux filles s'amusent ensemble. Mona montre à Bélinda comment se coiffer à la mode des vampires.

— Je pourrais t'en dire beaucoup sur Angela! dit Mona. Elle n'est pas allergique au brocoli, et si elle dit qu'elle a des devoirs en informatique, ce n'est qu'une excuse pour jouer à l'ordinateur. Est-ce que tu gardes cette information dans tes banques de données? demande Mona.

Plus tard, lorsque les parents de Mona rentrent, ils trouvent leur fille et Bélinda assises côte à côte sur le divan. Elles regardent la télé en mangeant du maïs soufflé.

— J'espère que notre vampirette ne t'a pas donné trop de fil à retordre! dit la mère de Mona.

— Pas du tout! s'écrient en chœur Mona et Bélinda.

Le lundi suivant, à l'école, Angela entre en coup de vent dans la classe.

— Qu'est-ce que tu as fait à ma gardienne? Elle connaît tous mes secrets! hurle Angela. Je ne peux plus rien faire!

— Ce n'est plus TA gardienne, c'est MA gardienne maintenant, dit Mona.

– Et comment as-tu fait pour changer la gardienne-robot? demande Charlie.
– Disons que je l'ai... reprogrammée! répond Mona en souriant.